MAGIE PASSIONNELLE

LA

DEUX FOIS MORTE

PAR

JULES LERMINA

PARIS
CHAMUEL, ÉDITEUR
79, RUE DU FAUBOURG-POISSONNIÈRE
(Près la rue Lafayette)

1895

MAGIE PASSIONNELLE

LA DEUX FOIS MORTE

DU MÊME AUTEUR :

Magie pratique	1 vol.
A Brûler	—
L'Élixir de Vie	—
La Magicienne	—

MAGIE PASSIONNELLE

LA

DEUX FOIS MORTE

PAR

JULES LERMINA

PARIS

CHAMUEL, ÉDITEUR

1895

LA DEUX FOIS MORTE

I

A peine eus-je posé le pied sur la terre de France — au retour de la longue mission qui m'avait retenu pendant près de trois années dans l'extrême Orient — que je me mis en route pour le coin de Sologne où s'étaient cloîtrés mes amis.

J'avais naguère trouvé assez étrange cette idée de s'aller enfermer avec une jeune femme, presque une enfant, dans une solitude morose, et cela dès le lendemain d'un mariage que j'avais d'ailleurs fort approuvé, en raison de la camaraderie qui avait unis enfants ceux qui devenaient époux.

Je les avais dès lors surnommés Paul et Virginie, et je continuerai à les désigner ainsi, estimant que l'impersonnalité convient aux faits singuliers dont je veux en ce récit conserver le souvenir.

De dix ans plus âgé que Paul, je m'étais toujours intéressé à son caractère. Sa nervosité excessive souvent m'avait effrayé, quoique en somme elle ne me parût exercer sur ses actes aucune influence mauvaise et ne se traduisît d'ordinaire que par une rare ténacité de volonté.

J'ai toujours eu grand goût pour les sciences naturelles, avant même que l'éducation et les circonstances aient fait de moi le très modeste savant que je suis. Mais je n'ai jamais été doué que d'une mémoire très relative. Ce qui me fait surtout défaut, c'est la mémoire dite visuelle. Par exemple, si je rencontre dans mes excursions de botaniste quelque fleur dont l'éclat ou l'originalité de structure m'enchantent, il m'est presque impossible, une fois dans mon cabinet, de reconstituer en image cérébrale la silhouette ou la couleur qui m'ont ravi tout à l'heure.

Il en allait tout autrement de Paul. S'était-il trouvé avec moi au moment de l'observation, le lendemain et même plusieurs jours après il me suffisait de lui rappeler le moindre détail pour qu'aussitôt, du crayon et du pinceau, il reproduisît avec une étonnante exactitude, en les plus minutieuses particularités, la plante qui avait attiré mon attention. Bien plus, ses yeux, qui devenaient fixes et regardaient droit devant lui comme s'ils eussent percé la muraille pour retrouver le modèle, avaient, dans leur étonnante faculté de vision — rétrospective — visé, reconnu, conservé des accidents de tissus ou de teintes qui m'avaient échappé. A ce point qu'il m'arrivait d'aller vérifier par moi-même s'il n'obéissait pas à un jeu de sa fantaisie. En ce sens, jamais je ne le pris en défaut.

Aussi, lorsque je le conduisais au théâtre, à la ville voisine du château qu'habitait sa famille, pendant plusieurs jours, je le surprenais immobile, étranger à tout ce qui l'entourait. A mes questions, il répondait qu'il était occupé à revoir la pièce vue. Si je le pressais, alors il me peignait d'une voix lente et recueillie toutes les péripéties théâtrales, leur rendant une vie que nous aurions qualifiée de factice, mais qui pour lui, je l'ai compris depuis, était absolument réelle.

Ces facultés exceptionnelles ne firent que se développer avec l'âge. Je pourrais dire qu'il vivait deux fois chaque jour de sa vie, occupant son lendemain à revivre la veille. Peut-être plus exactement ne vivait-il que la moitié d'une vie, dépensant l'autre à se souvenir.

Oserai-je tout avouer? En ces étrangetés, on craint toujours, quelles que soient sa conviction et sa sûreté d'intellect, de passer pour un imposteur ou une dupe. Ce qui dépasse la limite de ce qu'on appelle le possible — comme si on en pouvait fixer la mesure — apparaît toujours au vulgaire comme le produit d'une imagination malade ou imbécile !

Un jour — Paul avait alors quinze ans et cette faculté de recommencement s'affirmait en lui de plus en plus — il me rappela un mendiant que nous avions rencontré ensemble, tellement sordide et malingreux que jamais Callot ni Goia n'eussent désiré modèle plus... réaliste.

Très affiné, poussant même la délicatesse jusqu'à l'afféterie, il avait horreur de ces types dégradés par la misère et l'ivrognerie. Celui-ci à qui il avait jeté une aumône lui avait causé un profond dégoût, et je puis dire que sa mémoire en était hantée. Je m'en apercevais, et je m'efforçais de détourner le cours de ses méditations. Mais toujours il me répondait :

— Que veux-tu ? Je le vois... il est là !

Et il ajouta, en me prenant brusquement le bras — nous nous trouvions alors dans un coin assez sombre du parc :

— Mais il est impossible que tu ne le voies pas toi-même !

En vérité, pendant un espace de temps qui fut infiniment court — je ne pourrais trouver de terme d'exacte fixation — je vis, oui, je vis à quelques pas de nous le mendiant gibbeux, loqueteux, hirsute, je le vis positivement en sa forme, en sa couleur, apparition et disparition instantanées.

Très peu sentimental de ma nature et peu disposé à admettre l'inexplicable, je m'irritai contre moi-même, attribuant à ma complaisance pour ce névrosé l'influence presque fascinatrice qui m'avait dominé, et je me promis de ne plus prêter tant d'attention à des songeries morbides.

Sans grande fortune et ayant à me créer une position, il ne me seyait pas de jouer avec mon cerveau.

II

Virginie était orpheline de père et de mère. Elle avait été recueillie par sa famille maternelle : oncle et tante, qui l'élevaient comme leur propre enfant. Ce n'avait pas été tâche facile, car c'était bien la plus fragile créature qui se pût imaginer.

De cinq ans plus jeune que Paul, elle paraissait encore une enfant alors qu'il entrait déjà hardiment dans l'adolescence. Nous l'appellions petite Mab, tant sa gracilité, son aériformité — si je puis employer si grand mot pour si petite personne — rappelait la fée écossaise, née d'un rayon de lune.

Je me souviens de la première apparition de cette aimable poupée dans la maison de Paul, où je remplissais d'abord le rôle assez ingrat de précepteur, devenu plus tard un compagnon et un ami.

Ai-je dit que Paul, orphelin lui-même, habitait chez une cousine éloignée à qui restait seule la force, étant à demi paralytique, d'aimer et d'être indulgente ?

C'était par une de ces matinées d'été où le ciel se nimbe d'une buée blanche, avec de vifs piquetages d'argent. Nous étions dans le jardin, juste au-devant de la vieille maison qu'égayaient des lancées de vignes vierges et de glycines.

La grille extérieure, sur la route, était restée entr'ouverte, après la sortie de quelque fournisseur.

La malade était étendue sur sa chaise longue, souriante, avec cette expression d'aménité naturelle à ceux qui, ne pouvant plus vivre, se complaisent à voir vivre les autres.

De la grille, le panneau plein, inférieur, était assez élevé. Nous avions installé une table au bord d'un massif où déjà perçaient les pointes roses des silènes, et, accoudés, nous étudiions, en la concentration d'esprit nécessaire, un des problèmes les plus ardus de Wronski, cet étrange savant dont Lagrange disait qu'il avait inventé toutes les mathématiques et qui a créé pour ses démonstrations une langue de toutes pièces, indéchiffrable pour les non initiés. J'avais besoin de condenser toute mon intention pour conserver mon attitude de maître; car avec Paul, doué d'une merveilleuse intuition, je craignais fort parfois de descendre au rang d'élève.

— Il y a quelqu'un derrière la grille, me dit Paul.

Ceci d'une voix posée, calme, comme s'il eût énoncé le fait le plus simple du monde.

Je tournai la tête, et mes yeux rencontrèrent le soubassement de la grille, plein et large.

— De l'autre côté? fis-je. On ne peut voir à travers le métal!

Mais je ne dis rien de plus, car je m'aperçus alors que d'une giration très lente, la grille tournait sur elle-même.

Paul tenait ses regards dans cette direction, et ses yeux, dont je connaissais si bien les nuances, avaient une étonnante fixité. Enfin l'arrivante — car c'était une petite fille — se révéla tout entière : quand l'ouverture fut assez large pour qu'elle se glissât, elle se mit à courir, comme obéissant à une attraction violente et ne s'arrêta qu'à un mètre de Paul, le regardant avec une expression à la fois soumise et heureuse qui me fit sourire.

Mlle de B., la cousine de Paul, considérait elle aussi cette apparition blonde, rose, jolie, qui semblait une épave échouée de quelque féerie shakespearienne.

C'était la petite voisine à laquelle sa tante avait dit: — Va donc faire un petit tour!

Elle était sortie de la propriété qui jouxtait celle de

Paul, puis tout naturellement, voyant une porte entr'ouverte, l'avait poussée.

Elle avait alors douze ans. Mlle de B., regrettant peut-être son célibat, était bonne aux enfants : aussi de ce jour Virginie eut-elle droit de cité chez elle et en usa souvent, plus que souvent.

Une indéniable sympathie l'attirait vers Paul : en quelque coin du parc qu'il se trouvât — et le jardin et le bois étaient vastes — tout droit elle arrivait à lui, comme si de partout elle l'apercevait, et elle s'arrêtait devant lui, souriante et mignarde.

Un jour qu'à notre grande surprise l'heure de sa visite quotidienne était passée depuis longtemps, Paul, engagé dans une dissertation des plus suggestives sur la prononciation du C dans les langues pré-latines, eut un mouvement d'impatience et s'écria vivement :

— Pourquoi ne vient-elle pas ? Je veux qu'elle vienne !

Quelques secondes s'écoulèrent, puis j'entendis un bruit de pas précipités, et d'une touffe de mimosas, l'enfant, ayant coupé à travers les massifs, surgit très pâle.

En même temps accourait l'oncle :

— Mais il n'y a pas de bon sens, s'écria-t-il. Comprenez-vous cette petite qui est souffrante et que nous retenions à la maison ? Elle s'est échappée de nos mains et s'est élancée dehors. Oh ! nous savions bien que nous la retrouverions ici !

III

Entre ces deux êtres — la chose ne pouvait être discutée — existait une attraction intéressante qui se développait chaque jour davantage.

L'âge vint. Paul avait alors vingt-trois ans, Virginie avait atteint sa dix-huitième année. Mon élève n'avait fait dans les sciences pratiques que des progrès très relatifs. Tout ce qui était de connaissance courante, quotidienne, lui était plus qu'indifférent, et, sans sa prodigieuse mémoire, on aurait pu le taxer d'ignorance sur plus d'un point. Par contre, il possédait à un degré étonnant les facultés spéciales qui ont fait des Mondeux et des Inaudi de véritables prodiges.

La mémoire persistante des formes, de l'expression graphique des choses, s'accroissait : il semblait aspirer les images extérieures pour les emporter dans le laboratoire de sa pensée et les étudier à loisir.

Mais — et ici, je puis à peine rendre l'idée qui s'impose à moi — en cette sympathisation qui unissait les deux jeunes gens, Paul s'emparait de Virginie, il la conquiérait, se l'appropriait.

J'avais suivi jour par jour, minute par minute, ce sentiment qui était bien l'amour, en sa hantise complète et délicieuse, mais avec un caractère tout spécial. Lui ne vivait que pour elle, mais elle ne vivait que par lui ; même s'il était absent, elle restait imprégnée des effluves dont il l'avait enveloppée. Elle absente, il la gardait près de lui, et je l'avais bien des fois surpris, lui parlant comme si elle avait été à ses côtés, et, comme je le raillais de sa méprise :

— Comment se peut-il, disait-il en pointant son doigt dans le vide, que vous ne la voyiez pas ? Elle est là !

Phrases d'amoureux, c'est possible : mais dès lors un instinct m'avertissait qu'il y avait là autre chose, comme une évocation, à la fois intérieure et extérieure, de l'objet qui remplissait sa pensée et qui, pour lui seul, se matérialisait hors de lui. Je dis — pour lui seul — n'osant pas encore affirmer davantage.

La bonne Mlle de B. avait suivi avec intérêt les progrès de cette affection qui pour elle ne présentait aucun caractère mystérieux. Paul était riche, ses goûts et ses aptitudes le destinaient évidemment à la vie placide de la campagne. L'oncle de Virginie était mort, sa tante était valétudinaire. Il parut donc très naturel que Paul manifestât la volonté d'épouser son amie, et, toutes convenances de famille et de situation se trouvant réunies, aucun motif n'existait de contrecarrer ses désirs.

Pour moi, cette union était de longue date indiquée. J'avais compris que Paul ne serait jamais apte à prendre un rôle dans la vie active. Étant rêveur, tout chez lui évoluait dans le sanctuaire intérieur. Le dernier des niais, manœuvre de la civilisation, aurait eu raison de son inexpérience. Quant à Virginie, elle ne s'appartenait plus. A mesure que leur intimité s'était resserrée, elle s'était pour ainsi dire anéantie en lui, d'abord de sa propre volonté, et aussi, surtout peut-être, en raison de cette main mise qu'il exerçait sur son être moral et qui était une possession anticipée, plus absolue que celle du mariage. De lui à elle, il y avait échange, flux et reflux de vitalité. Ils faisaient plus que de s'appartenir, ils s'absorbaient l'un en l'autre.

Ce mariage, véritable consécration, dans le sens pur et élevé du mot, eut lieu.

De ma vie je n'oublierai la cérémonie nuptiale, lumineuse et rayonnante, qui les fit pour jamais — je le croyais alors — compagnons de joies et de peines, unis pour le bonheur comme pour le malheur, ainsi que dit la liturgie calviniste.

Sous le faisceau de rais tombant des vitraux, j'eus un instant cette illusion que ces deux êtres — par un effet de synchromatisme, — se fondaient en un seul. Il y avait en ce moment équilibre entre ces deux créatures qui se donnaient l'une à l'autre avec une mutuelle abnégation du Soi.

Au matin même de la cérémonie, j'avais accepté une mission en Orient, avec obligation de départ immédiat. Il me plaisait, ayant été témoin de leur bonheur naissant, de n'en point gêner l'éclosion de ma présence.

Au sortir de l'église, je fis mes adieux, et, serrant leurs deux mains qui se mêlaient dans les miennes, je ne pus discerner quelle était celle de l'un ou de l'autre.

Je leur jetai un dernier signe d'adieu, convaincu d'ailleurs que tôt ou tard la vie pratique s'emparerait de mes deux héros de féerie, qui, rentrés dans la norme des banalités sociales, vieilliraient en bons époux prosaïquement assagis.

Une lettre trouvée à Hong-Kong ébranla mes espérances : ils s'en étaient allés se blottir au fond de la Sologne où, paraît-il, ils vivaient complètement seuls, heureux de n'entendre aucun écho de la vie vraie. Je répondis par des souhaits de bonheur, certes bien sincères. Un an après, au pays de Laos, je reçus une lettre de Paul. Elle me frappa par son étrangeté : si bizarre qu'elle soit, elle doit faire partie de cet écrit qui est une sorte de dossier.

Je la transcris donc textuellement:

IV

— Ami, te souviens-tu de l'intéressante étude qu'un jour tu me fis entreprendre du deuxième chapitre de la Genèse, alors que, grâce aux lumineuses restitutions de Fabre d'Olivet, ce voyant de la linguistique, nous avions suivi pas à pas le mystérieux travail de la nature créatrice, cherchant le fait sous le symbole, le sens matériel sous l'énigme ésotérique. Parvenus au sublime verset qui en quelques mots manifeste la création de la femme, de l'Aischa, de l'Eve, nous nous étions arrêtés, hésitant devant la suggestion intime et profonde qui nous sollicitait à reconstituer cette scène, dont la beauté dépasse les rêves les plus enthousiastes de l'imagination.

Nous passâmes outre.

Mais j'avais gardé dans l'oreille comme un écho qui ne devait plus jamais s'éteindre, le cantique rayonnant de l'Adam Kadmon s'écriant:

— Wa-iaômer ha-Adam-Zoâth... Celle-là est réellement substance de ma substance et forme de ma forme...

Ce nom d'Aischa, formule véritable de la Volonté dont la femme était la Réalisation, me hantait comme l'énoncé d'un problème à la solution toujours refusée.

Or cette solution, avec quelle gloire je l'ai trouvée! Toi seul peut-être pourras me comprendre, parce que ton intellect évolue sur le plan supérieur de l'Intuition. Rien ne me paraît à moi plus évident et plus clair.

Vois plutôt :

En l'homme, représentation concrète de l'humanité collective, toutes les aspirations existaient à l'état latent et pour se manifester n'attendaient que l'effort volitif, si je puis dire, la poussée du dedans au dehors.

L'Homme-Adam, alors mâle et femelle, jouissait égoïstement de la nature extérieure, s'épanouissant dans l'éblouissement des splendeurs. Et plus il admirait de beautés, et plus il avait soif de la beauté. Et cette Beauté suprême à laquelle il aspirait, il ne la voyait pas, puisqu'elle était en lui, dans sa double nature encore inséparée.

Comprends-tu ce supplice : sentir en soi la beauté, l'Amour, en posséder la notion, la sensation intime, et ne les pouvoir contempler face à face, ne les pouvoir étreindre! Songe à ce qu'éprouverait l'avare qui aurait un lingot d'or dans la poitrine et ne pourrait s'arracher le cœur pour le posséder!

En vain autour d'Adam s'épandaient les immensités vibrantes, en vain flamboyaient les astres, en vain poudroyaient les Nébuleuses en gésine des astres mondes... Qu'était tout cela auprès de ce qu'il désirait, la Compagne, la Suprême Beauté, — ceci est le texte même, — qui, devant émaner de lui, alors seulement lui présenterait le reflet de sa sensation intime...

Et ce fut dans une de ces crises de Désir sublime et torturant que s'accomplit le miracle de l'Extériorisation de la Beauté et de l'Amour, — qui étaient en lui et qui jaillirent de lui, en la Forme Idéale, Grâce et Harmonie condensées en l'Etre qui était vraiment substance de sa substance, Essence formellement radieuse de l'Humanité triomphante... la Femme !

Et l'Adam Kadmon s'agenouilla devant Elle, reconnaissant de l'exquise souffrance de l'arrachement, et il balbutia le premier Hosannah d'amour !... »

V

Ayant l'esprit positif, je ne me suis jamais plu à ces rêveries aiguës d'une imagination surexcitée. En dirigeant Paul dans ses études d'hébraïsant, mon seul dessein avait été de lui donner la notion claire et non routinière de la science des racines et rien de plus. Si Fabre d'Olivet m'intéresse comme linguiste, j'ai toujours voulu — et je veux — m'arrêter en deçà de ses hypothèses théosophico-bouddhiques.

Aussi éprouvai-je un réel chagrin en constatant que mon élève non seulement s'entichait de ces chimères, mais encore en exagérait les outrances.

Je lui répondis quelques mots en ce sens, insistant sur les dangers que peuvent faire courir à la raison ces fantaisies dont le moindre défaut est de détourner l'esprit de préoccupations plus pratiques. Je comptais d'ailleurs sur le mariage et sur la paternité pour donner à son activité morale une pâture plus substantielle.

Ma lettre partie, j'eus même quelques remords, craignant, à cause de ses susceptibilités un peu maladives, d'avoir donné à mes conseils un tour trop ironique.

Après tout, ne poursuivais-je pas ma chimère, moi aussi, en mes recherches sur les peuples préhistoriques, identifiant aux Cimmériens d'Hérodote les anciens Khmers du Cambodge ! L'hypothèse est la grande charmeuse, et qui n'a pas poursuivi sa trace folle ignore les plus grandes joies humaines.

Finalement, après trois ans d'absence, je me décidai à rentrer en France, fort riche d'ailleurs de notes et de documents à l'appui de mes thèses favorites.

Revenu dans nos ports coloniaux, j'éprouvai une véritable déconvenue à ne point trouver de lettre de Paul. Était-ce donc que je l'eusse blessé par quelques railleries inoffensives ? J'en aurais été marri, et je me promis bien, une fois débarqué, de m'expliquer avec lui et de lui arracher, s'il le fallait, à coups de *meâ culpâ* un amical pardon.

Je pris juste le temps nécessaire pour régler à Paris quelques affaires indispensables. Puis, sans prévenir d'ailleurs celui que je comptais surprendre en plein bonheur, je m'installai dans un wagon, filant sur Vierzon.

Je m'arrêtai, selon les indications que m'avait données Paul dans une de ses premières lettres, à la station de Salbris, gros bourg dont le nom est lié à l'un des épisodes les plus honorables de la guerre de 1870.

Je me hâtai d'entrer à l'auberge pour y commander un frugal repas. On touchait à la fin du mois d'octobre, et les journées, devenues courtes, me conseillaient d'arriver le plus tôt possible au château de Pierre-Sèche, où demeuraient mes amis. J'avais encore cinq heures devant moi. Je m'enquis d'une voiture, qui me fut procurée avec la meilleure volonté du monde.

— Où va Monsieur? demanda l'aubergiste.

Je lui nommai le château que j'ai dit. L'homme prit une figure contrite.

— C'est à plus de 4 lieues, en plein marais, sur la rive gauche de la Sauldre, me dit-il.

J'avais remarqué le changement de sa physionomie : je ne m'imaginai pas que ce fussent la distance ou la mauvaise qualité des terrains qui l'eussent provoqué.

En une vague inquiétude, je repris :

— Sans doute, vous connaissez les propriétaires?

Cette fois son embarras fut indéniable.

— Monsieur veut parler de M. Paul X. ?

— En effet, je suis de ses amis. J'arrive d'un long voyage, et il me tarde de lui serrer la main.

— Monsieur arrive de voyage?... alors il ne sait peut-être pas...

— Quoi donc?

— Que M. Paul ne reçoit jamais personne et que

nul ne se peut vanter de l'avoir vu depuis plus de six mois... Ah ! c'est une grande pitié, Monsieur, une vraie pitié !

— Que voulez-vous dire ?... Il est arrivé quelque malheur ?...

— Quand je disais que Monsieur ne savait pas... la pauvre petite dame est morte...

— Morte ! m'écriai-je avec une angoisse profonde. Quoi ! vous voulez parler de la femme de Paul, de cette chère et exquise créature !

— Monsieur a bien raison, ç'a été une grande perte pour le pays. Vous me croirez si vous voulez, Monsieur, mais tout le monde l'aimait et la plaignait aussi, car elle a été longue à dépérir. Elle était si faiblotte ! Voyez-vous, le château est mal placé, et on y a des fièvres. Je ne comprends pas que M. Paul ait amené là une femme délicate comme ça !

Ainsi c'était bien elle qui était morte ! Jamais je n'avais ressenti heurt plus douloureux. Sa brutalité m'avait littéralement suffoqué, et des larmes tombèrent de mes yeux.

— Je vois que Monsieur est un ami, reprit l'hôte. Je n'aurais peut-être pas dû lui dire la chose tout nettement, mais Monsieur l'aurait bien vite apprise. Est-ce qu'il faut toujours commander la voiture ?

— Certes, m'écriai-je, et pourquoi non ? Est-ce quand nos amis sont dans la douleur qu'il les faut abandonner ? Ah ! plût à Dieu que je fusse revenu plus tôt, j'aurais peut-être empêché cet horrible malheur !

— C'est douteux, Monsieur, car la petite dame était bien malade. Je dois dire aussi que M. Paul l'a soignée ! Ah ! tenez, c'était beau et douloureux en même temps... jamais il ne la quittait, et, quand ils se promenaient, lui la soutenant, vrai, on aurait dit qu'il la buvait des yeux ! Il l'aimait bien, allez ! Aussi on comprend son désespoir. Depuis le jour où on a porté la pauvre dame en terre, avec tout le pays derrière — et des vraies pleurs comme les vôtres de tout à l'heure — M. Paul s'est enfermé chez lui, et plus jamais — vous entendez — plus jamais il n'est sorti de Pierre-Sèche...

Les détails étaient navrants. Paul vivait seul dans ce château qui, disait-on, serait son tombeau — comme il avait été celui de sa chère femme. Il n'avait avec lui qu'un vieux domestique qui, lui aussi — c'était l'expression de l'aubergiste — filait un mauvais coton.

Et puis... et puis il y avait autre chose.

J'eus quelque peine à obtenir de mon interlocuteur qu'il s'expliquât plus clairement : de fait, cela lui était assez difficile. Naturellement, partout où la mort passe, elle laisse un sillage d'effroi. Voilà que des bruits étranges s'étaient répandus dans le pays : on parlait de lumières fantastiques apparaissant la nuit aux fenêtres du château. Une femme qui avait été engagée pour des services d'intérieur s'était refusée à revenir, déclarant qu'elle ne rentrerait pas dans une maison que hantaient des revenants.

Oh ! l'aubergiste ne croyait pas un mot de ces folies. Mais peut-on empêcher le monde de parler ? Aussi n'était-il pas bizarre qu'un homme de l'âge de Paul se cloitrât ainsi ? Il s'était absolument refusé à recevoir personne, même des gens bien intentionnés qui auraient voulu lui apporter des consolations. La porte leur était restée impitoyablement fermée. Le vieux Jean — c'était le nom du domestique que je connaissais bien — bousculait les gens d'un air égaré. C'était à croire que lui-même devenait fou !

— Enfin, Monsieur, continuait le brave homme, si vous voulez entrer dans ce château de malheur, je crois que vous en serez pour votre peine.

— J'essaierai quand même, repartis-je.

Au fond, je ne doutais pas que je ne dusse être reçu. Connaissant l'exquise délicatesse de Paul, je ne m'étonnais pas outre mesure d'une claustration qu'expliquait suffisamment un désespoir aussi justifié. Je le verrais, je lui parlerais, je parviendrais à galvaniser cette âme engourdie, à revivifier ce cœur mort. C'était ma tâche d'ami, et je ne m'y soustrairais pas.

VI

Vous souvenez-vous de la phrase glaciale d'Edgar Poe :

— Comme les ombres du soir approchaient, je me trouvai en face de la morne maison Usher. Je ne sais comment cela se fit, mais, au premier coup d'œil que je jetai sur elle, une intolérable tristesse pénétra mon âme...

Cette réminiscence — la maison Usher — m'obséda pendant toute la route, alors que sous la lourdeur grise de cette soirée d'automne je suivais, blotti dans la voiture que conduisait un silencieux Solognot, jauni par d'anciennes fièvres, la route bordée de marécages qui, sur la rive gauche de la Sauldre, conduisait à la Pierre Sèche.

Mon conducteur n'était pas de ceux qu'on interroge et dont on quête les racontars. C'était un de ces non pensants qui répugnent à toute expansion intellectuelle. Il allait droit devant lui, sans regarder de côté ni d'autre, ruminant quelque chose de sa machoire prognathe et lourde.

Cette société nulle ne me déplaisait pas, laissant intacte ma rêverie qui peu à peu se condensait en somnolence. Pourtant je n'avais pas fermé les yeux: entre mes paupières mi-closes passait la lande mate et grise où parfois éclatait le reflet d'acier d'une mare, cinglée d'une lame. Sur la route dure, les roues allaient sans bruit, tandis que le cheval s'étirait, silhouette macabre.

Je ne pourrais dire que la route me semblât longue, car je n'avais plus aucune notion du temps, non plus que la claire compréhension des choses. J'étais pris tout entier dans l'étau d'une angoisse inanalysée, mais si serrante que j'en étais étouffé. Et dans la plaine vide et plate, entre les étangs, plaques noirâtres sur une peau d'un bistre sale, j'allais toujours, sans savoir où, instinctivement inquiet.

Ce fut alors que le ressouvenir de la maison Usher plus despotiquement s'imposa, quand en face d'une flaque d'eau, plus large de quelques mètres, à l'entrée d'un pont de bois que fermait une grille, l'homme se retourna et, parlant pour la première fois, dit:

— La Pierre Sèche.

Je fus éveillé en sursaut. Pour un peu, j'aurais demandé ce que pouvait m'importer la Pierre Sèche.

Mais une impression me saisit, bien différente de celle que j'attendais.

De l'autre côté de l'étang, dans lequel dormaient de longues herbes, oscillant de leurs grappes ainsi que des épis murs, se dressait au sommet d'un monticule de quelques pieds, et qui semblait de rocailles et de mosaïques, une sorte de castel dont une aile se projetait en face de moi, hardiment découpée sur le ciel que rougeoyait le soleil couchant.

A la vision de la morte maison Usher, qui me devait apparaître, en mes prévisions attristées, comme la face d'un hypocondriaque se substituait un profil élancé, avec je ne sais quel raffinement d'élégance. Des vignes folles, à aigrettes rouges, couraient le long des murs, ayant pour canevas les nervures du lierre accroché au silex, broderie de pourpre sur velours vert.

Cette forme s'enveloppait d'une buée claire, irisée, qui estompait les contours et atténuait les angles.

En ma disposition d'esprit, ce tableautin me ravit, à la fois inattendu et charmant.

Cependant l'homme restait, attendant que je me décidasse à descendre. Je compris que, son office rempli, il s'étonnait que je ne lui rendisse pas sa liberté : il n'avait pas à compter avec mes fantaisies d'imagination. Je sautai sur le sol et lui tendis une pièce de monnaie.

— Alors, lui dis-je, ceci est bien le château de Pierre Sèche?

— Puisque je vous l'ai dit...

— Merci donc. Vous pouvez retourner à Salbris.

Il me regardait de ses yeux sans couleur : je crus qu'il n'était pas satisfait :

— N'est-ce pas le prix convenu? demandai-je.

— Si... mais voici la grille. Il y a une sonnette.

Bon! il estimait que son devoir était de ne m'abandonner que lorsque je serais entré. Mais justement, dans mes vagues pressentiments d'incidents singuliers, il ne me plaisait pas de le rendre témoin, peut-être, d'une déconvenue.

— Allez, lui dis-je. Ne vous occupez plus de moi.

Alors il se décida, le cheval tourna, s'allongea, partit.

Je restai seul en face de la grille. Elle barrait toute la largeur du petit pont dont j'ai parlé et dont le tablier sans balustrade ne pouvait être atteint du dehors. Audessous, l'étang, immobile et moussu.

Au delà, une allée gravissait le monticule, puis disparaissait en se contournant.

Les fenêtres — j'en comptais trois — qui faisaient face à l'étang étaient closes. Les ombres des vignes et des lierres noircissaient les vitres; on eût dit des yeux très noirs voilés de cils. J'eus la sensation qu'ils me regardaient : mais alors, si quelqu'un de l'intérieur avait constaté ma présense, pourquoi nul ne se présentait-il à la grille?

Je me dis alors que j'étais bien fou de raisonner et que vraiment je me créais à loisir des impressions de mystère, puisqu'il y avait une cloche et une chaîne. Je donnai une secousse.

VII

Je vis la cloche s'élever et s'abaisser: elle était d'un assez fort calibre, et un instant je craignis d'avoir sonné trop fort, mais elle ne tinta pas. Je récidivai, même résultat. Le battant avait été enlevé. Ceci me contraria, car cette hypothèse se présenta pour la première fois à mon esprit que je me trouverais, la nuit venant, stupidement arrêté à cette porte, ayant manqué le but de mon voyage et presque perdu dans un pays que je ne connaissais pas.

Cependant je ne me tins pas pour battu. Je m'éloignai un peu, m'efforçant de voir quelque chose dans le château ou dans le petit parc. Il n'y avait pas apparence de vie ni de mouvement. Je suivis l'étang, pensant à le tourner et à atteindre Pierre-Sèche par quelque autre point, mais je m'aperçus bientôt qu'il enveloppait la propriété de tous les côtés.

L'espèce de rocher sur lequel le castel était construit formait une île véritable. De plus, le terrain était marécageux à ce point que je risquais à chaque pas de m'enliser dans la vase.

Il faut avouer que ma situation était assez étrange, voire même ridicule.

Je me trouvais en pleine France, à la porte d'un ami, cent fois plus embarrassé que je ne l'aurais été en pays barbare. Le pis, c'est que la tension cérébrale qui m'énervait nuisait à la lucidité de mon esprit et que j'eus grand'peine à trouver un expédient, pourtant d'une imagination bien simple.

La cloche n'avait pas de battant, mais elle existait : de plus elle était fixée au poteau même de la grille, en dedans, il est vrai, mais non hors de portée. Je me hissai aux barreaux d'une main et, de l'autre, brandissant ma canne, j'assénai sur le métal un coup vigoureux. Cette fois, je fus servi à souhait : le son vibra très clair, et le succès couronna mon ingéniosité tardive.

A peine deux minutes s'étaient-elles écoulées que je vis quelqu'un paraître au bout de l'allée qui descendait du tertre ; seulement le personnage, qui sans doute était en défiance, me parut placer ses mains au-dessus de ses yeux pour examiner l'intrus, puis avec de grands gestes très significatifs lui enjoindre de s'éloigner.

Ceci ne faisait pas mon affaire. Je compris que, si l'homme disparaissait, il me serait inutile de le rappeler de nouveau, et, me souvenant que, d'après l'aubergiste, le seul habitant de la maison, avec mon ami, était son vieux serviteur que j'avais fort bien connu naguère, j'appelai de toutes mes forces : — Jean ! eh Jean, c'est moi !

Et le « c'est moi ! » n'étant pas suffisamment suggestif, je lançai mon nom à pleins poumons.

Victoire ! Je ne m'étais pas trompé. L'homme dévala rapidement, atteignit le petit pont, arriva à la grille et me dit :

— Vous ! c'est bien vous ! Ah ! quel hasard ! mon Dieu, pourquoi n'êtes-vous pas venu plus tôt ?

— Tôt ou tard, répliquai-je, me voici. Ouvre cette porte, mon brave, et, si je puis rendre ici quelque service, tu sais que l'on peut compter sur moi.

Jean était un vieillard, presque septuagénaire, maigre et voûté. De la main, il me fit signe de modérer les éclats de ma voix.

— Ecoutez, me dit-il, j'ai l'ordre formel, absolu, de ne jamais laisser entrer personne. Mais vous, c'est autre chose, je prends sur moi de violer ma consigne. Seulement promettez-moi de m'obéir... oui, oui, je dis de m'obéir. Il y a eu de la mort ici, et je ne suis pas sûr qu'il n'y en ait plus...

L'accent du bonhomme respirait une émotion profonde. Je fis de mon mieux pour lui donner confiance, la grille s'ouvrit et j'entrai.

— Voyez-vous, reprit-il, avant tout il faut que je vous parle : j'ai beaucoup, beaucoup de choses à vous dire. Vous êtes plus savant que moi, vous comprendrez peut-être. Moi, j'ai bien peur que mon pauvre maître ait la cervelle détraquée... Pas par là, fit-il brusquement au pied du château, il ne faut pas qu'il vous voie. S'il se doutait que vous êtes ici, peut-être qu'il s'enfuirait. Suivez-moi ; dans un instant, nous allons être tranquilles.

Il prenait les plus grandes précautions pour ne faire aucun bruit, et je l'imitai. Nous atteignîmes une petite porte, seule ouverture sur la façade de l'Ouest, et nous nous trouvâmes dans une sorte d'office, de fruitier plutôt. La nuit était presque complète.

— Asseyez-vous, me dit Jean. Je vous demande pardon de vous recevoir ainsi, mais il le faut... il le faut, répéta-t-il en secouant la tête. Je vais voir si tout est en ordre et surtout... s'il ne se doute de rien.

J'étais impatient : après tout, je connaissais assez mon ami Paul pour ne rien redouter d'une première entrevue. Dût-il avoir en me revoyant une crise de désespoir, je prendrais sur lui l'empire nécessaire, et même cette explosion, trop longtemps contenue, lui serait salutaire.

Jean revint bientôt.

— Monsieur ne s'est aperçu de rien. Il est dans son cabinet, comme toujours à cette heure. En voilà pour jusqu'à demain matin. Nous sommes seuls, bien seuls, nous pouvons causer. Tenez, je me demande maintenant si vous avez bien fait de venir.

— Que j'aie eu tort ou raison, repris-je assez vivement, c'est ce qu'il sera temps d'examiner lorsque je t'aurai entendu ; dès maintenant, je puis t'affirmer que je saurai bien soustraire Paul à cette abominable tristesse.

Nous étions dans l'ombre, et je distinguais à peine la physionomie du vieux Jean. Pourtant je le vis se redresser avec un sursaut de surprise :

— Triste ! fit-il. Qui vous a dit que M. Paul fût triste ?

— N'est-ce pas naturel après l'affreux malheur qui l'a frappé !

— Ah oui !... eh bien non ! ce n'est pas ça, vous n'y êtes pas, mais du tout. Attendez que je fasse de la lumière. Je ne suis pas poltron, ayant été soldat, mais — ici — je n'aime pas rester dans la nuit.

Je commençais à me demander si le vieillard avait

lui-même son bon sens et si, en me parlant du cerveau détraqué de son maître, il ne lui attribuait pas sa propre faiblesse d'esprit.

La lampe allumée, je le regardai : il était très robuste. Les traits jadis grossiers s'étaient affinés sous la patine de l'âge; les yeux étaient clairs, très droits.

— Voyons, mon brave, lui dis-je avec rondeur, ni toi ni moi ne sommes des enfants, nous savons ce que sont les douleurs humaines et combien elles peuvent troubler les âmes les mieux organisées. Vous menez ici une vie solitaire qui n'est pas faite pour vous éclaircir les idées. Moi j'arrive la tête fraîche et l'intellect bien équilibré. Dis-moi ce qui se passe, après quoi j'aviserai.

Jean s'était assis en face de moi, sans façon, les mains sur les genoux.

— Oui, Monsieur, je vous connais pour un homme de sens, de cœur aussi; sans cela, vous ne seriez pas entré. Mais il y a ici des choses dont vous ne pouvez pas avoir idée, et vous n'aurez besogne si aisée que vous le croyez; ça ne m'étonnerait même pas que vous repartiez sans l'avoir essayée.

— Allons donc, Paul est vivant, c'est le principal. Est-il malade, nous le guérirons; est-il fou...

— Ne faites donc pas de suppositions, laissez-moi tout vous raconter. Ne m'interrompez pas, j'ai déjà assez de peine à assembler tout ça dans ma tête...

Le meilleur moyen d'en finir était de le laisser parler à sa guise.

Je me tins coi.

Des premiers temps du mariage, il ne m'apprit rien

qui me surprît. Virginie adorait son mari, dans la saine et profonde acception du mot. Il lui rendait cette affection avec une nuance très accentuée de domination aimante, absorbante aussi. Ces deux êtres étaient l'un pour l'autre tout l'univers. Leur entente était si parfaite, il y avait adaptation si complète de leurs deux natures, qu'à vrai dire — c'était le mot de Jean — ils ne faisaient qu'un à eux deux. L'intimité de leurs consciences rendait presque inutile l'emploi des paroles. On les voyait pendant de longues heures se contempler sans dire un mot.

— On aurait dit qu'ils ne parlaient pas, continuait Jean, mais je suis sûr qu'ils causaient; ils s'entendaient en dedans. Bien souvent madame me donnait un ordre qui venait de monsieur, j'en étais sûr, et pourtant il ne lui avait rien dit, elle l'entendait penser.

Ce qui ressortait de ces observations, plus subtiles que je ne les eusse attendues d'un ignorant, c'est que Virginie avait abdiqué toute volonté et toute initiative. L'amour avait produit ce phénomène que son individualité s'était fondue en celle de Paul.

— Ce que je vais vous dire va vous paraître drôle, mais il me semblait qu'elle ne se donnait même plus la peine de penser ; sa voix n'était qu'un souffle, comme s'il lui eût été inutile de parler. Bien plus, je dirai qu'elle disparaissait physiquement : oui, quand je la regardais, je me faisais cette idée qu'elle s'effaçait, comme ces photographies qu'on a laissées au soleil et qui s'en vont.

Bref, sous les circonlocutions un peu phraseuses de

maître Jean, il était évident que la pauvre Virginie avait été atteinte d'une maladie d'épuisement, anémie, phtisie, je ne pouvais préciser. Il me parut que le bon serviteur, de par l'intérêt qu'il portait à ses maîtres, les avait vus sous des couleurs quelque peu fantastiques. Il n'y avait là que des faits douloureux, mais parfaitement naturels : peut-être la passion de Paul n'avait-elle pas été assez ménagère des forces de la pauvrette.

Le positif, c'est qu'elle était morte, et je m'irritais involontairement de la prolixité du bonhomme, alambiquant des incidents trop explicables.

— Enfin, repris-je, avec une impatience mal contenue, la pauvre Virginie déclina de plus en plus, et Paul eut la douleur de la perdre. Je ne doute pas de l'intensité de son désespoir...

— Pendant le premier mois, Monsieur, il fut comme assommé : il passait ses journées immobile, étendu, les yeux fermés, pâle comme la morte qu'on avait emportée...

— Et cet état s'est compliqué d'une prostration toujours plus grande, si bien qu'aujourd'hui...

— Mais non, mais non ! s'écria Jean en essayant de m'imposer silence avec de grands gestes, Monsieur ne me laisse pas parler, évidemment il croit que je veux lui en imposer. Vous supposez que M. Paul est triste, désespéré, et que c'est pour ça qu'il ne veut recevoir personne. Vous vous trompez du tout au tout. M. Paul n'est pas triste, il n'est pas malade, c'est tout autre chose...

— Mais encore, explique-toi donc !

— Environ un mois après la mort de madame, comme j'entrais un matin dans la chambre de monsieur, je fus tout surpris de voir qu'il ne s'était pas couché. Le plus étonnant de tout, c'est ceci, oui, i souriait pour la première fois depuis de longs jours. Il mangea beaucoup, avec un appétit que je ne lui connaissais plus, il but même à mon avis plus que de raison. Puis, à la fin du repas, il tomba dans un sommeil si profond, si rapide surtout, que je le laissai étendu sur le canapé et me retirai discrètement. Plusieurs fois dans la journée, je montai pour m'assurer qu'il n'avait besoin de rien ; il dormit ainsi jusqu'au soir. Enfin il s'éveilla et je lui conseillai de se mettre au lit. J'admettais fort bien que le désespoir l'eût brisé au point de lui imposer un repos de vingt-quatre heures. Mais il me répondit assez vivement que j'eusse à lui épargner mes conseils. Tout ce qu'il me demandait, c'était de ne monter dans son appartement sous aucun prétexte, à moins d'appel. Je me le tins pour dit, et, depuis ce jour-là, jamais je ne suis entré chez mon maître de six heures du soir à dix heures du matin.

— Que fait-il pendant ce temps ?

— Ah ! le sais-je ? Toujours est-il que sa vie est ainsi réglée : à dix heures du matin, il sonne, je viens dans sa chambre ; il est debout, toujours souriant avec une expression de bonheur qui a quelque chose de surnaturel... oui, presque d'effrayant. Son cabinet est toujours fermé à clef, et jamais depuis cinq mois je n'y ai pénétré. Après le repas, il s'étend sur le canapé et s'endort. Vers cinq heures, il sonne de nouveau, me donne quelques ordres. Je me retire... et c'est tout!

Ceci commençait en effet à me paraître singulier et présentait les symptômes d'un dérangement d'esprit.

— Tu me dis que Paul paraît heureux, joyeux... Jamais il ne reçoit personne...

— Oh! je puis vous en répondre. Le matin, je guette les fournisseurs, je les attends devant la porte, pour qu'ils ne sonnent pas. J'avais enlevé le battant, j'ôterai la cloche elle-même...

— En somme, repris-je avec assurance, il me semble qu'il y a amélioration dans son état : il boit, il dort. Je ne vois plus que cette manie de claustration et aussi ce renversement des habitudes normales qui le fait dormir le jour et veiller la nuit.

Quel est son état physique ? Est-il faible ou fort, vigoureux ou anémié ?

— Il y a quelque chose qui m'épouvante, c'est sa pâleur, et puis... faut-il que je vous avoue tout — ici Jean baissa la voix — je crois, oui, je crois bien qu'il...

Et, sans prononcer le mot, il leva le pouce au-dessus de ses lèvres.

— Ce serait plus affreux que tout le reste, m'écriai-je. Mais tu sais bien, je suppose, s'il te demande de l'eau-de-vie, de l'absinthe...

— Non, ce n'est pas cela. Il ne me fait apporter qu'une liqueur, que je ne connais pas, d'un goût et d'une odeur si forts... Tenez, j'en ai là un flacon que je lui monterai demain matin...

Le flacon était bouché à l'émeri, mais l'odeur caractéristique me frappa aussitôt : c'était de l'éther. Je frissonnai : dans l'Extrême-Orient, j'ai rencontré des buveurs d'éther, et jamais l'ivresse ne m'est apparue plus meurtrière. C'est plus que de l'empoisonnement, c'est la combustion lente, irrésistible, corrodant tous les organes...

— Mais, si tu dis vrai, tu as dû remarquer en lui des tremblements nerveux. Son haleine doit être imprégnée de cette odeur.

— Non, je n'ai rien remarqué de cela. Du reste, sa chambre ne sent pas cette odeur-là, je crois bien la reconnaître à travers la porte de son cabinet.

Ceci me déroutait un peu.

— Bon ! fis-je encore. On se guérit de toute passion mauvaise. Je comprends tes inquiétudes, mon ami, mais j'espère pouvoir les dissiper avant peu. Je verrai ton maître, tu vas lui annoncer mon arrivée avec telles précautions que tu jugeras nécessaires. Sois tranquille, je saurai bien faire excuser ta désobéissance, je reprendrai sur lui l'influence que m'assurent mon amitié et mon sang-froid. Ne perdons pas une minute. Monte, mon cher Jean, je t'attends ici.

Mais, loin de m'obéir, Jean secouait la tête.

— Pourquoi hésiter ? Tu ne doutes pas de l'affection de Paul pour moi. Il ne reçoit personne, soit, mais moi !

Jean s'était levé, déambulant par la chambre, en proie à un visible embarras. Comme je le regardais curieusement, me demandant quelle lubie nouvelle le troublait, soudain il s'arrêta devant moi, et, me fixant de ses yeux grands ouverts :

— Monsieur, pas ce soir, pas ce soir. J'essaierai demain à dix heures, mais pas ce soir !

— Et pourquoi ?

— Parce que...

Il sembla rassembler tout son courage :

— Parce que la nuit... il n'est pas seul !

— Hein ? fis-je en bondissant sur mon siège.

— Ah ! voilà ! Maintenant vous vous demandez si le vieux Jean n'est pas fou, fou à lier. Voyons, croyez-vous de bonne foi que je n'aie pas cherché à me rendre compte. Je suis un homme... et un domestique — il ricana. — Croyez-vous que je n'aie pas espionné mon maître ?

— Espionnage très honorable, puisqu'il n'a d'autre but que son intérêt. Mais enfin, pour qu'il ne soit pas... seul, il faudrait que quelqu'un se fût introduit dans le château, et tu m'affirmais...

Mais alors, courbé vers moi, Jean me dit des choses si bizarres que je l'écoutai comme dans un cauchemar, et ces choses étaient telles que je me décidai à ne faire cette nuit-là aucune tentative pour voir Paul.

Il fut convenu que je serais annoncé le lendemain à dix heures.

VIII

Ce fut avec une véritable anxiété que le lendemain j'attendis le vieux Jean pendant que, selon sa promesse, il avertissait son maître de ma présence.

J'avais peu et mal dormi, ce qui se serait suffisamment expliqué par mes préoccupations, si je n'avais été en proie à des sensations d'un ordre tout particulier. Dans le courant de la nuit, j'avais été pris d'une sorte de suffocation, comme si tout à coup l'air me manquait ou plutôt changeait de nature et ne convenait plus au jeu de mes poumons.

Il se passait autour de moi quelque chose d'incompréhensible, d'invisible aussi. — Oserai-je dire toute ma pensée ? — C'était comme une impression d'autre monde, un glissement sur un plan qui n'était plus d'ordre vivant. Je n'avais ni l'énergie ni même le désir de résister, me complaisant en cet écœurement qui confinait à la syncope, avec une ineffable jouissance d'abandon.

Pourtant, le raisonnement aidant, je me demandai s'il n'y avait pas dans ma chambre quelque bottelée de fleurs qui m'entêtaient. Je cherchai et ne trouvai rien : enfin, je tombai dans une prostration qui ne laissa plus subsister en mon cerveau que des cauchemars vagues où des vapeurs diluées, à formes nuageuses, ébauches d'êtres, m'enveloppaient.

Par bonheur, le jour avait dissipé ces angoisses.

— Victoire ! fit Jean en entrant chez moi, la chose a mille fois mieux marché que je ne l'espérais. M. Paul vous attend.

— C'est au mieux. Un seul mot, mon brave. Comment va-t-il ce matin ?

— Il est comme toujours : souriant, heureux. Si ce n'était cette maudite pâleur !... On dirait qu'il n'a plus une seule goutte de sang dans les veines.

— Nous verrons cela. Confiance, mon bon Jean, conduis-moi.

— Vous n'avez pas loin à aller, car vous occupez la chambre juste au-dessus de son cabinet. Quelques marches à descendre, et c'est tout.

Allons. J'eus un dernier embarras, me demandant quelle physionomie je devais prendre, mais je n'avais pas le temps de raisonner : une porte s'était ouverte, et Paul s'avançait vers moi, les mains tendues.

Très pâle en effet, comme exsangue ; cependant l'apparence générale n'était pas inquiétante. L'homme était vigoureux, je m'en convainquis à la forte étreinte de ses doigts.

Je n'avais pas osé prononcer une seule parole, craignant de tomber à faux ; seulement je le considérais de toute mon attention.

— Oui, oui, regarde-moi, ami, me dit-il, regarde bien celui qui est devant toi et qui, toi venu, n'a plus rien à désirer.

L'accueil dépassait toutes mes espérances : j'en fus parfaitement heureux :

— Çà, me dit-il, nous allons déjeuner, et, le verre en main, nous causerons à cœur ouvert. Es-tu toujours connaisseur en vins ? J'ai là un certain cru dont tu me diras des nouvelles ! Ha, ha ! cher, bien cher ami, tu ne saurais croire combien je me sens joyeux, épanoui. C'est si bon d'être hors du monde, hors de tout avec ceux que l'on aime !

Dirai-je que cette attitude me gênait. Tout en redoutant une crise de douleur, je ne m'étais pas imaginé qu'elle pût être évitée, alors que six mois à peine s'étaient écoulés depuis la mort de la pauvre Virginie ; j'éprouvais un désappointement et aussi une vague colère contre cette si prompte guérison morale.

J'eus un instant l'idée qu'il jouait une comédie pour rassurer mon amitié, mais je ne pus m'y arrêter, tant ses effusions étaient empreintes de naturel. Il m'avait attiré sur un canapé à côté de lui, et, tandis que Jean, impassible en apparence, mais en vérité très intrigué de ce qui se passait, disposait la table auprès de la haute fenêtre à vitraux, Paul m'interrogeait sur ce que j'avais fait depuis notre séparation, s'intéressant à mes travaux et à mes succès.

Je répondais de mon mieux, essayant de secouer le souci qui pesait sur moi et nuisait à la clarté de mon esprit.

— Bah, fit-il, le bon vin te déliera la langue : car en vérité tu ne sembles pas dans ton équilibre ordinaire... Tu n'es pas malade, au moins?

La chose devenait presque comique : c'était lui qui maintenant s'inquiétait de ma santé !

Jean parfois me questionnait du regard, à la dérobée. M'eût-il interrogé tout haut que j'aurais été fort embarrassé de lui répondre, tant je me sentais troublé et hors d'état de formuler une appréciation quelconque.

Paul était en parfaite liberté d'esprit, et, quand nous nous trouvâmes à table, l'un en face de l'autre, certes nul ne se fût imaginé qu'il existât entre nous un sujet de chagrin. Il me poussait à parler de moi : je crus deviner qu'il éloignait sciemment de l'entretien tout ce qui avait trait à lui-même.

Il mangeait largement, intelligemment, dois-je ajouter, en homme qui tient à défendre sa santé et à conquérir des forces. Il buvait un vin un peu capiteux mais générateur d'énergie.

Je n'étonnerai personne en disant que je songeais

continuellement à la façon d'aborder la seule question qui me brûlât les lèvres. Je m'ingéniais à pressentir les motifs d'une insensibilité que je m'obstinais à croire apparente. Mais pourquoi cette dissimulation? Éprouvait-il quelque sotte honte à laisser transparaître ses véritables sentiments devant son serviteur? Jouait-il le stoïcisme pour moi ?

Quand le café fut servi, il adressa à Jean un signe expressif. Il voulait rester seul avec moi. Jean cligna de l'œil à mon adresse: comme moi, il estimait que le moment des confidences, des franchises, était arrivé.

Paul s'étira sur son fauteuil et dit :

— Ah! mon cher Paul, qu'il fait bon vivre! Voyons sincèrement, comment me trouves-tu? En bonne condition, n'est-ce pas ? Pour moi, je ne me suis jamais senti plus solide. Regarde-moi et donne-moi nettement ton avis...

J'ai dit qu'à part une pâleur extraordinaire. il présentait tous les caractères de la santé. Je pus donc lui répondre en toute franchise comme il le désirait; mais. malgré moi, prenant, comme on le dit, le taureau par les cornes, j'ajoutai :

— Je suis d'autant plus heureux de te trouver ainsi que je redoutais tout autre chose, après l'épouvantable malheur qui t'a frappé !

Prononçant cette phrase qui résumait toutes mes préoccupations, je le regardais bien en face. Il remuait en ce moment son café et de sa main libre saisissait un flacon de liqueur : il n'eut pas un tressaillement, pas le moindre frisson de nerfs.

— Oui, oui, je sais, fit-il en souriant. De ton amitié, le contraire m'eût étonné, mais tu vois que je supporte assez gaillardement la situation...

Décidément il était fou ! Ce ton de légèreté, presque d'ironie, était révoltant ! Pauvre petite ! se pouvait-il que vous fussiez si promptement, si abominablement oubliée !

Il s'était versé de la chartreuse et la dégustait à petits coups.

J'eus un mouvement d'indignation que je ne contins qu'à grand'peine. Je me contentai de dire sèchement :.

— Ma foi, c'est affaire à toi ! J'avais craint, je l'avoue, que la mort de ta femme t'eût porté un coup terrible ; mais je vois que mon amitié n'a pas à se dépenser en consolations...

Le visage épanoui, il répliqua :

— Non, non, ce serait inutile !

Je faillis bousculer la table en un geste encoléré.

— Alors reçois mes excuses. Je constate qu'il s'est produit en toi de grands changements, car il fut un temps où la pauvre Virginie occupait en ton âme une place plus grande. Mais enfin tu l'adorais ! m'écriai-je impuissant à jouer plus longtemps le sang-froid, tu l'adorais comme elle t'adorait elle-même. Et la pauvrette est morte, et après six mois je te trouve la lèvre souriante et l'œil sec ! Pardonne-moi quelque surprise. Je ne doute pas que tu n'aies d'excellentes raisons pour supporter si gaillardement — selon ta propre expression — une douleur dont d'autres — sans doute moins bien doués — seraient morts ; mais, si tu daignes me les faire connaître, du moins tu me permettras de réserver mon appréciation en toute liberté...

J'avais débité tout cela d'un trait, impatient de vider mon cœur et risquant nettement une rupture.

Lui, très calme, avec son éternel sourire, ne m'avait pas interrompu.

Quand je me tus, il haussa légèrement les épaules :

— Alors toi aussi, fit-il simplement, tu crois que Virginie est morte ?

Je tressautai sur mon siège, tandis qu'une sueur froide montait à mes tempes. L'évidence s'imposait. La folie ! Le malheureux avait perdu la raison... Ainsi tout s'éclairait d'une lueur sinistre ! Ah ! comme j'avais été injuste !

Le coup avait été si violent que, ne pouvant me maîtriser instantanément, je balbutiai :

— Mais oui... je croyais... on m'avait dit !...

— Aussi ne te fais-je pas un crime de ta sortie un peu vive. Si les gens qui t'ont renseigné avaient dit vrai, je serais un grand coupable, et je mériterais les reproches que ton amitié a trop atténués. Virginie morte !... A cette seule pensée, regarde... mes yeux se remplissent de larmes.

— Alors... on m'a trompé, Virginie est vivante !... Je t'en prie, Paul, ne te joue pas de moi !... Je t'aime vraiment, sincèrement ; ta joie ou ta douleur sont miennes... Au fait, la chose est possible ! Mais comment expliquer que ces gens m'aient affirmé... ? Ils disent avoir assisté à la cérémonie funèbre, avoir suivi la pauvre enfant jusqu'au cimetière, et, à moins de supposer qu'ils aient été tous victimes d'une hallucination, je ne pouvais douter...

Comme j'élevais la voix, Paul d'un geste me ramena au calme.

— Ils ne sont pas fous, non plus malveillants. Ils parlent d'après les apparences, leur bonne foi ne fait pas question. Ce qu'ils t'ont dit de l'enterrement, du cimetière, est parfaitement exact.

Je passai mes mains sur mon front. Décidément je m'égarais en plein cauchemar. J'avais besoin de rentrer dans la réalité, dans la logique.

— Veux-tu répondre nettement à mes questions ? lui dis-je.

— Volontiers, pose-les.

— Dans ces obsèques auxquelles tout le pays a assisté, est-ce que la bière était vide ?

— Non pas !

— Entre les planches de chêne, était-ce, oui ou non, le corps de Virginie qui dormait son dernier sommeil ?

— C'était son corps.

— L'inhumation s'est-elle accomplie jusqu'au bout...

— Jusqu'au bout !

— Écoute, Paul. Je crois comprendre, et cependant j'hésite à t'interroger encore. Aurais-tu, avec un effroyable courage, quelque nuit, dans la solitude, porté une main sacrilège sur cette tombe à peine fermée; lui aurais-tu arraché son dépôt sacré ?... Et alors, ainsi que le fait s'est déjà rencontré, aurais-tu trouvé la malheureuse vivante, l'aurais-tu emportée dans tes bras, puis, en je ne sais quelle terreur qu'on ne te la reprît, l'aurais-tu cachée, sequestrée ici ?

Et je regardais autour de moi, saisi d'une crainte quasi superstitieuse.

Il rit.

— Eh donc, voilà que tu te perds en plein roman. C'est du feuilleton, cela... sommes-nous donc des enfants pour nous arrêter à pareilles billevesées...

— Mais enfin, morte ou vivante, il n'y a pas de milieu...

Il redevint très grave soudainement.

— Voilà bien les parleurs, fit-il à mi-voix, se grisant de mots, posant des axiomes avec une audace qui n'a d'égale que leur légèreté. Morte ou vivante!... cet *ou* est merveilleux !

Il se tut comme craignant d'en trop dire, mais je n'entendais pas qu'il s'arrêtât en si beau chemin. Pour moi la chose était indubitable : dans ce cerveau en apparence très sain, il y avait ce que j'appellerai irrévérencieusement une fêlure...

— Pourquoi cet *ou* te semble-t-il si singulier?

Il me regarda bien en face.

— Parce qu'il implique antagonisme, me répliqua-t-il nettement, parce qu'il signifie incompatibilité entre les deux états...

— Oserais-tu prétendre qu'on peut être à la fois mort... et vivant?...

Entre sa dernière réplique et la mienne, il s'était passé un fait subit, presque inquiétant. La lumière qui éclairait les yeux de Paul s'était tout à coup voilée, quasi éteinte, et les paupières brusquement alourdies étaient à demi tombées sur les globes.

— Qu'as-tu donc? m'écriai-je, on dirait que tu t'endors!

Il fit évidemment un effort violent pour rouvrir les yeux.

— Oui, oui, c'est bien cela, murmura-t-il, je n'y songeais plus. Il faut... que je dorme! je ne puis résister, et le pourrais-je que je n'en ai pas le droit... oui, ce serait un crime !

Il parlait d'une voix sourde, sans accent, comme dans un rêve.

Effrayé, je m'étais levé et approché de lui.

— Ne crains rien, continua-t-il, et surtout ne me questionne pas.

« Je ne sais encore si je pourrai tout te dire. Il faut que j'interroge, que je consulte. Tu restes ici, n'est-ce pas? La maison t'appartient, je ne me réserve que cet appartement, je vais dormir, dormir... et puis...

Sa tête tombait sur sa poitrine; c'était un affaissement brutal.

— Je suis à tes ordres, lui dis-je, je veillerai auprès de toi.

Il tressaillit :

— Non, non, je ne veux pas. Va-t'en, je te dis...

Il étendit la main et agita violemment la sonnette. Jean accourut.

Paul s'était dressé et, s'appuyant aux meubles, se dirigeait vers le canapé. Il parla en haletant :

— Jean, mon ami est ici chez lui. Qu'on ne cherche pas à me voir! sous aucun prétexte, jusqu'à demain... Mais allez vous-en donc!! Je ne veux pas dormir avant que cette maudite porte soit fermée... et de ne pas dormir, cela me tue... et la tuerait!...

Il eût été cruel et imprudent de lui désobéir. J'assistais à une crise dont l'étude immédiate m'était impossible. Il était tombé sur le canapé et restait les yeux fixes, comme morts, tandis que son bras étendu nous montrait impérieusement la porte.

Nous sortîmes, et nous entendîmes derrière nous le bruit des verrous violemment tirés.

Je passe rapidement sur la conversation qui s'ensuivit entre Jean et moi. Je n'avais rien à lui apprendre, et lui-même n'apportait pas à mes appréciations d'éléments nouveaux. Il y avait chez le brave homme un fond de crédulité paysanne, et, si je l'avais poussé, il n'eût pas été éloigné d'attribuer l'état de son maître à quelque maléfice. Je finis par me soustraire à ses bavardages.

La maison et le parc étaient à ma complète disposition, il s'agissait maintenant de passer mon temps de la meilleure façon possible : l'inaction qui m'était imposée pendant douze ou quinze heures me paraissait lourde, mais je me trouvais en somme plus avancé que je ne l'espérais la veille. C'était un important résultat que d'avoir pu causer avec Paul et d'être certain que cette causerie se renouerait le lendemain.

Je n'avais pas à me dissimuler que dans l'entretien de tout à l'heure je m'étais trouvé dans un état de réelle infériorité. Tout m'était surprise : les mots, les actes, les idées. J'étais pareil au médecin qui voit un malade pour la première fois, ignorant de sa constitution, de ses antécédents, et qui se sent dérouté par les phénomènes morbides d'apparence contradictoire. Il ne me déplaisait pas de prendre le temps de la réflexion. Je m'efforçai donc de débarrasser mon esprit des ombres qui l'enténébraient et de me tracer un plan pour l'entrevue du lendemain.

Il me fallait oublier que Paul était mon ami, afin de le pouvoir ausculter à loisir et sans que mes nerfs se missent de la partie.

Je fis une longue promenade, seul dans le parc, m'intéressant à cette flore curieuse, née à force de soins, comme au château de Cintra, dans un terrain de roches, et peu à peu je recouvrai dans ces observations le calme de ma raison et de ma conscience.

Puis, comme était venue à tomber une fine pluie d'automne, je rentrai dans la maison. Elle comprenait un rez-de-chaussée et deux étages : l'appartement de Paul se trouvait au premier, au second c'étaient des chambres d'amis dont j'occupais la plus grande.

Au rez-de-chaussée, un salon dont les fenêtres ouvraient sur la campagne, invisible d'ailleurs par ce temps gris ; puis un fumoir, une salle de jeux, avec billard, toupie hollandaise, tout cela — je dois rendre cette justice à Jean — parfaitement entretenu et dans un état d'exquise propreté.

Enfin j'avisai une petite pièce, presque complètement obscure, avec une fenêtre garnie de vitraux. Une bibliothèque avec rayons autour et au milieu une table de chêne. On se sent tout de suite entre amis. A la lueur d'une lampe, je commençai l'examen des planchettes et découvris là à ma grande satisfaction les meilleurs et les plus récents travaux de philosophie et de sciences naturelles, mais aussi une série d'ouvrages relatifs aux plus étranges et aux plus embrouillés problèmes de psychologie trancendante, de psychisme et même — pourquoi reculer devant le mot — de magie, d'ésotérisme oriental et d'occultisme à haute pression.

— Ouais ! me dis-je, voilà qui me donnera très probablement la clef du mystère. Ces volumes sont couverts de notes, de soulignages, de rappels : il est évident que Paul les a ressassés. Il faut avoir l'esprit très net et très équilibré pour se pencher sur ces profondeurs sans éprouver la sensation du vide, le vertige. La tête de Paul lui aura tourné trop vite, c'est une affection guérissable, une variété de la névrose dont la suggestion aura rapidement raison.

J'étais rasséréné. Connaissant les causes, je redoutais moins les effets. Je n'étais pas dès lors un négateur impénitent des phénomènes mystérieux dont plusieurs — et non des moins troublants — ont déjà acquis droit de cité dans nos cliniques. Mais j'estime que rien n'est plus dangereux que de poser le pied — en touriste fantaisiste — sur ces terrains mal connus où la folie vous guette. Paul n'était pas armé pour la lutte, les douleurs éprouvées l'avaient prédisposé à l'ébranlement mental ; il avait trébuché, étourdi, aux premiers pas. Je lui tendrais la main et le relèverais, c'était mon devoir d'homme sensé, d'ami, et je n'y faillirais pas.

Mon souci s'allégeait. Je soupai de bon appétit, coupant court aux dissertations de Jean qui me fit tout l'effet d'avoir subi la contagion du détraquement ambiant, et je me retirai de bonne heure dans ma chambre, désireux de me reposer, pour le lendemain être en possession de toute ma lucidité d'esprit.

Je me sentais calme et je m'endormis sans fièvre. Mais, après un temps que je ne puis apprécier, je m'éveillai soudain avec un hoquet nerveux ; et, chose curieuse, c'était exactement la même impression que la veille, une angoisse inexplicable compliquée d'une bizarre difficulté à respirer.

Je sautaisur le tapis, réagissant de toute ma force contre cette torpeur. Ou j'étais la victime d'une illusion, — et en ce cas la raison la dissiperait, — ou le phénomène était réel et j'en découvrirais la cause.

Or je vis que la lampe que j'avais laissée allumée brillait d'un éclat singulier, comme si la flamme eût été excitée par un apport excessif d'oxygène. Aussi une vive odeur d'éther me saisit aux narines. C'étaient ces effluves qui me montaient au cerveau.

L'effet physique était si patent qu'un instant ma vue troublée crut percevoir dans la chambre des formes, ondulant et girant.

Je m'habillai à la hâte et ouvris ma fenêtre. L'air me fit du bien. La nuit était noire, on n'entendait pas le moindre bruit. Je me penchai pour mieux aspirer la fraîcheur vivifiante et, dans ce mouvement, je remarquai qu'une fenêtre de l'étage inférieur était éclairée d'une lueur blanchâtre, très douce : on eût dit qu'un nuage d'infinitésimales poussières s'exhalât à l'extérieur.

Or, en examinant la maison mieux que je ne l'avais encore fait, je m'aperçus que ma propre fenêtre ouvrait sur un balcon qui contournait une partie de l'étage, et cette pensée me vint que de l'angle le plus éloigné, je pourrais peut-être plonger mes regards dans la pièce si singulièrement éclairée qui, je le constatais maintenant, touchait à la chambre où Paul m'avait reçu le matin. C'était le cabinet toujours clos dont Jean m'avait parlé.

Sans discuter un seul instant mon droit à l'indiscrétion, je m'engageai sur le balcon, et, prenant soin d'étouffer le bruit de mon pas, je suivis la rampe de fer, en pleines ténèbres, certain par conséquent de n'être pas vu, même par le vieux domestique, à supposer qu'à cette heure il ne dormît pas encore.

J'arrivai ainsi à l'angle de saillie et me trouvai à quelques mètres de la chambre en question, la voyant de biais, très nettement.

Des tentures intérieures en masquaient la majeure partie, mais, dans leur écartement, une lueur apparaissait pâle ou plutôt bleuâtre, tamisée, et comparable — ce fut la pensée qui me vint aussitôt — à celle qui se dégage des lucioles.

Je restai accoudé, plus ému que je ne l'aurais voulu, avec le léger battement de cœur que connaissent les enfants en faute. Or je ne me dissimulais pas que ma curiosité fût un peu coupable.

Pendant un assez long temps, je n'observai rien de plus que ce reflet d'un invisible foyer et je songeais à regagner mon lit, quand tout à coup je vis la tenture se relever et...

Deux ombres se profilèrent sur les carreaux. Je dis bien deux ombres, elles étaient penchées l'une vers l'autre, comme enlacées.

Et de ces deux silhouettes, je ne pus méconnaître l'une qui était celle de mon ami Paul. Quant à l'autre, impossible de s'y méprendre, c'était une forme de femme, un galbe bizantin, gracile.

Cette apparition dura le temps d'un éclair : le rideau retomba.

Quelle que fût la résistance de ma raison, toute objection se brisait contre le fait : il y avait une femme dans l'appartement de Paul, et, le dirai-je, autant que mes souvenirs pouvaient me servir, — et j'avais la conviction qu'ils étaient précis, — cette silhouette fine, au dessin mystérieux, préraphaélite, rappelait étonnamment celle de Virginie.

En tous cas, Jean ne s'était pas trompé. Pendant ces nuits où l'accès de son cabinet était interdit à tous, Paul n'était pas seul. En même temps s'imposait l'hypothèse que j'avais repoussée naguère : Virginie vivante, une mort simulée, de par on ne sait quel caprice morbide, et enfin l'isolement à deux, dans une séquestration sans doute volontaire.

Il y avait là quelque drame macabre que la folie de l'un ou peut-être des deux aggravait chaque jour en le prolongeant.

L'aube venait, j'avais froid, je rentrai dans ma chambre et dormis jusqu'au matin.

X

— Accorde-moi deux jours, me dit Paul le lendemain, et je te révélerai mon secret.

Je ne lui avais pas avoué ma découverte de la nuit, préférant l'amener à une plus lente confidence. Mais, à ma grande surprise, il venait de lui-même au-devant de mes curiosités.

Son attitude devait paraître fort étrange, il en convenait loyalement, mais il se trouvait dans des conditions inordinaires qui autorisaient les suppositions les plus fantastiques. Loin de me les interdire, il déclarait que je resterais quand même au-dessous de la réalité : le mieux était de ne me point perdre en hypothèses inutiles. S'il ne me donnait pas satisfaction immédiate, c'est qu'il n'était pas seul maître de ses décisions : il avait de grands ménagements à garder.

— Il est des pudeurs, ajouta-t-il, dont nous autres vivants ne pouvons concevoir l'idée !

Bref, j'étais prêt à lui accorder le délai sollicité : après quarante-huit heures, il se faisait fort de m'initier au mystère de sa vie.

Le pis, c'est que je ne concevais pas la nature de ce mystère.

L'examinant attentivement, j'étais frappé de l'altération de sa physionomie : ses traits étaient tirés, ses yeux cernés de bistre ; sa voix même sonnait d'un timbre étrange, diminué. Du reste, il ne dissimula pas une intense fatigue et me pria d'abréger ma visite.

Bien entendu, pendant les deux jours de répit qu'il m'imposait, je prenais l'engagement de ne pas chercher à le voir.

— Te parler, t'écouter, t'entendre même serait pour moi une fatigue que je n'ai pas le droit d'affronter : je dois concentrer, synthétiser toute mon énergie, sans en dépenser vainement une parcelle.

Je consentis à tout, sans même discuter, tant je

redoutais, en mon ignorance, de prononcer un mot qui modifiât ses résolutions.

Seulement, craignant de ne pas rester maître de mes curiosités encore surexcitées par l'obscurité de ses promesses, je lui déclarai que je m'absenterais pendant ces deux jours, m'engageant à me trouver prêt, à l'heure dite, à profiter de son bon vouloir.

— Tu me donnes ta parole, lui dis-je, que tu ne commettras aucune imprudence ?

— Aucune, fit-il avec un sourire. A ton tour, je te veux donner un conseil...

— Lequel ?

— Pour que la transition entre le connu et... l'inconnu te soit moins brusque, il faut que pendant le délai que je sollicite de toi tu t'études à combattre en toi le vieux scepticisme qui, en dépit de ton ouverture d'esprit, est toujours imminent à reparaître. Médite cette belle parole d'Arago : « Hors des mathématiques pures, le mot impossible n'est pas. »

— C'est déjà mon opinion, répondis-je en lui serrant les mains, du diable si je ne crois point un peu déjà au surnaturel.

Je faisais en moi-même allusion aux étrangetés de la nuit.

Il haussa les épaules.

— N'emploie donc pas de mots sans signification. Le surnaturel n'est pas. L'électricité paraît surnaturelle à un sauvage, et le phonographe à un académicien. Il n'y a que des changements de plan et de perspective. Mais ne m'induis pas en discussion, c'est de la force perdue.

Jean était désolé de me voir m'éloigner : ne s'imaginait-il pas que j'abandonnais son maître à la folie, à la possession ; il croyait très naïvement à une action démoniaque.

Je le rassurai de mon mieux et partis.

Je revins à Paris et, en vérité, je respirai largement. L'atmosphère de la Pierre-Sèche avait en quelque sorte contracté mes poumons, et ce fut avec délices que je vécus ces quarante-huit heures de la vie normale. Même il me vint cette pensée que, si j'étais contraint à passer quelque temps là-bas, ne fût-ce que pour tenter la guérison morale de mon ami, il me fallait faire provision d'air parisien.

J'achetai les pièces en vogue, les romans les plus à la mode, je m'abonnai aux journaux vivants, je priai une amie de m'écrire souvent et de me tenir au courant des mille incidents de la vie quotidienne, bref, ne sachant pas au juste ce que l'avenir me réservait dans cette maison bizarre, je pris mes précautions pour combattre des hantises redoutées.

Avec cela les plus récents ouvrages scientifiques me ramèneraient à mes études favorites. J'étais paré, ainsi qu'un passager qui prévoit une traversée difficile.

Muni de mon viatique intellectuel, dans lequel j'avais fait une large place aux distractions de l'imagination, je repris le chemin de Salbris.

J'arrivai au castel avant le moment fixé ; c'était avec intention : je voulais avoir le temps de ranger mes livres, pour les avoir sous la main en cas de besoin. Jean m'attendait à la porte dans un état d'exaltation qui d'abord m'effraya. Rien de bien grave d'ailleurs. Depuis vingt-quatre heures, Paul n'avait pas ouvert sa porte. Jean avait écouté, espionné ; ce qui l'effrayait le plus, c'est qu'il n'avait rien découvert.

Mais Paul était vivant : c'était le seul point acquis et celui qui me touchait le plus.

J'étais là maintenant, la tête parfaitement saine et décidé à tout pour triompher d'une monomanie quelconque.

Nous transportâmes mes caisses dans la bibliothèque, et les livres de science occulte dont les rayons étaient garnis durent frissonner de colère, forcés qu'ils furent de se serrer pour faire place à des œuvres de raison saine et d'imagination bien pondérée.

Cela fait, et comme je consultais ma montre qui marquait précisément six heures, la sonnette de Paul retentit. Jean monta.

Je redoutais un peu que Paul réclamât une augmentation de délai ; mais je n'eus pas à dépenser une nouvelle dose de patience. Paul m'attendait. Je montai rapidement à sa chambre.

Il me reçut fort bien : j'eus même la satisfaction de constater qu'il ne paraissait pas plus affaibli qu'avant mon départ.

— Eh bien, dis-je gaiement, tu vois que je suis exact : de ton côté, tu parais disposé à tenir ta promesse. Me voici donc, l'oreille et l'esprit ouvert, prêt à écouter tes contes de fées.

— Ne prends pas ce ton léger, me répliqua-t-il, car jamais, jamais, entends-moi bien, il n'y eut dans notre vie minute plus grave.

Je lui tendis la main, il y mit la sienne.

— Avoue, reprit-il, que tu me crois fou...

— Moi, je te jure...

— Ne jure pas, car aussi bien il fut telle heure où je crus moi aussi que ma raison m'abandonnait, et tu me comprendras plus tard quand tu apprécieras ce qu'il faut d'énergie pour rester maître de son cerveau, alors que, sous un souffle venu on ne sait d'où, s'ouvre lentement la porte profonde de l'inconnu.

Sa voix avait légèrement tremblé. J'étais plus ému que je ne le voulais paraître.

— Je t'affirme, repris-je vivement, que tu ne te heurtes en moi à aucun préjugé, à aucun parti pris, non plus qu'à des ironies de méchant goût. Parle-moi donc en toute confiance. Je t'ai toujours aimé, et nous avons creusé ensemble les problèmes les plus ardus. Quel que soit le terrain où tu m'entraîneras, tu m'y retrouveras ferme et de bonne foi... J'écoute.

Il me remercia d'un sourire reconnaissant. J'avais dit vrai, je trouve ridicule toute négation à priori.

Il pencha alors son front sur ses deux mains, et, pendant une minute, je pus me demander s'il songeait encore que je fusse là. Mais il releva la tête, me regarda bien en face ; puis, allongeant la main vers un flacon de cristal, à demi plein d'une chartreuse dorée, il le plaça en pleine lumière et me dit :

— Regarde ceci attentivement, de tous tes yeux, comme on dit, avec le ferme désir de te souvenir de la forme et de la couleur... Ne parle pas, ne pense pas... regarde !

Pris d'un intérêt dont je n'étais pas maître de me

défendre, dominé aussi, je puis bien l'avouer, par l'autorité de son geste et de sa voix, je concentrai toute mon attention visuelle sur le flacon qu'il me montrait.

Il était de cristal très pur, avec, autour du col quelques tailles délicates en formes d'olives allongées. La panse même du flacon était d'une jolie rondeur, et vers le fond d'autres olivettes s'étiraient vers la base.

La liqueur, toute d'or, vibrait autour d'un point ensoleillé presque éblouissant.

Tout cela, je le vis en une seconde, en une acuité d'attention détailleuse que je ne m'étais jamais connue.

— Ferme les yeux maintenant, me dit-il du même ton brusque auquel j'obtempérai immédiatement.

— Encore une fois, regarde, en toi... le flacon, ne le vois-tu pas ?

— Je le vois, m'écriai-je.

Pendant un temps que je ne puis apprécier, je vis, aussi nettement que si j'avais eu les yeux ouverts, le flacon, les stries du cristal, les étincellements de la liqueur. J'eus la volonté de retenir cette image, cette photographie intérieure. Mais tout s'effaça.

— Bah ! fis-je en rouvrant les yeux, c'est le phénomène bien connu de la mémoire visuelle.

Il eut un geste d'impatience et s'écria :

— Mémoire visuelle ! Ah ! voilà bien votre méthode scientifique, des mots répondant à des mots ! Qu'est-ce que la mémoire... vous l'ignorez, mais vous avez dénommé, étiqueté une faculté ; vous l'avez catégorisée, cataloguée dans vos dictionnaires, et... vous voilà satisfaits ! Bien plus, il faut que tous le soient avec vous, sous peine d'anathèmes ! Voyons, parle, réponds-moi en toute sincérité ! Qu'est-ce que la mémoire ?... Comment s'exerce-t-elle ?... Quel est son organe ?... Ah ! oui, l'image se forme sur la rétine, est transmise par un réseau de nerfs à ton cerveau... par quel mécanisme ?

Je le voyais s'exalter; je voulus le calmer.

— Remarque que je ne formule aucune théorie ; je ne suis pas un adversaire, mais un ami, peut-être fort ignorant, mais en tous cas de bon vouloir...

— Tu m'avais promis de ne pas user d'ironie. Eh bien, oui, je t'instruirai, malgré toi... et voici ma formule : La mémoire visuelle, c'est la projection hors de nous d'une forme emmagasinée en nous.

— La définition n'est pas pour me déplaire...

— J'appelle ton attention sur la projection que j'appellerai physique, celle de la forme, de la coque extérieure des choses. Quand tu songes à un livre, tu en vois plus ou moins nettement la forme...

— C'est vrai...

— Si tu te souviens d'un cheval, tu as devant les yeux la silhouette plus ou moins correcte de l'animal...

— C'est encore exact.

— Eh bien, suppose que tu exerces ta volonté à perfectionner, à accentuer cette silhouette, comme le fait un peintre par exemple. Tu projetteras ton souvenir hors de toi, et tu t'en serviras comme d'un modèle, adéquat, toutes proportions gardées, au modèle vivant qui se placerait devant tes yeux...

— Je ne nie pas...

— Alors admets que tu concentres de plus en plus ton énergie volitive dans le sens de ce perfectionnement, de cette accentuation. Augmente à force de contemplation, augmente ta faculté de restitution mentale, puis extérieure, tu arriveras peu à peu à créer ce que je n'appelle encore que l'illusion de l'existence réelle de la chose souvenue. Mais la vérité, c'est qu'il n'y a pas illusion, mais réalité. Cette forme que tu as absorbée par ton attention, que tu possèdes en toi, tu la projettes réellement au dehors. Entends-tu, elle existe, elle est — voici le mot vrai — la restitution des particules d'infinitésimale matière que tu t'es appropriées en regardant l'objet, en l'aspirant par ton attention, en les emmagasinant en toi. Cette reconstitution est non une illusion, mais une entité existante, elle es ..

Je l'interrompis :

— A mon tour, laisse-moi te dire que ce ne sont là que des hypothèses qui, pour ingénieuses qu'elles soient, devraient être appuyées sur des preuves...

Il ne me laissa pas achever :

— Abandonne donc tes procédés de sophiste universitaire. Pourquoi la forme que tu vois hors de toi existe-t-elle moins, qu'elle soit produite par le fait banal de la présence ou par ce que tu appelles l'imagination?...

— Parce que je puis toucher l'une et non l'autre, et ainsi constater l'existence de la réalité.

J'avais prononcé ces derniers mots vivement, un peu agacé à la fin...

— Et, si je te prouve que tu peux toucher... ton illusion! cria-t-il. As-tu d'ailleurs jamais possédé en toi le souvenir d'une forme imprimé assez profondément dans ton âme, pour qu'elle y soit réelle, vivante et pour que tu puisses la projeter hors de toi, comme elle est en toi, avec tous les attributs de la réalité et de la vie? Ah! il faut aimer, avoir aimé, il faut avoir aspiré, résorbé, inhalé toutes les effluves de l'être adoré, pour qu'il soit resté vivant en vous... et qu'alors au début de la solitude, fermant les yeux, vous le puissiez revoir en sa radieuse et parfaite réalité... Mais est-ce tout?... Non!... Parvenez à vous abîmer dans cet unique désir, dans cet immense vouloir de communiquer à cette forme tout ce qu'il y a en vous d'énergie et de puissance vitale... et alors vous le reconstituerez, cet être de votre âme, sang de votre sang, chair de votre chair, substance de votre substance, individualité vivante, ressuscitée, recréée, comme, de l'Adam Paradisiaque, Aischa, Eve fut évoquée sous la lumière sublime des sphères éternelles!...

— Ami, m'écriai-je, prends garde, cette exaltation te tue!

— Non pas, c'est ma vie! Ah! tu as pu croire que ma Viginie était morte, et que moi, égoïste ou insensé, j'avais le honteux courage de lui survivre. Non, non, elle n'est pas morte, je l'ai... elle vit en moi, ici, dans mon cœur, dans ma poitrine, dans mon cerveau... Elle vit, je la vois adorable et souriante, et, comme un oiseau frileux qui dort dans mon être, je puis, quand je le veux, lui ouvrir la porte de sa cage... Viens, viens, tu la verras, toi aussi, car elle va sortir de mon cœur!...

XI

Il m'avait saisi par la main, m'entraînant.

Je ne lui résistai pas, estimant qu'en ces sortes de crises la contradiction est inutile et périlleuse à la fois.

Nous étions arrivés à la porte du cabinet, jusque-là toujours clos; posant les doigts sur la clef :

— Écoute, me dit-il à voix basse et avec une extrême volubilité, pour toi, mais pour toi seul, je vais commettre un sacrilège ; je violerai le sublime secret, mais Elle l'a permis. Surtout pas un mot. Retiens ton souffle et regarde.

Nous étions entrés en pleine obscurité. Au dehors maintenant, la nuit était profonde ; pas un rayon ne filtrait à travers les épais rideaux. De longue date sans doute ses yeux étaient habitués à ces ténèbres, car sans hésitation il me conduisit au fond de la pièce et me poussa dans un fauteuil.

S'étcnnera-t-on que je fusse saisi d'une angoisse profonde? Ainsi les Latins appelaient *horror* l'émotion qui étreignait la poitrine du néophyte au seuil du bois sacré.

Je n'osais pas faire un mouvement : le buste en avant, la tête chaude, j'attendais, dans une agonie d'anxiété.

Je ne voyais pas Paul, mais peu à peu je percevais le bruit grandissant de sa respiration ou plutôt de longs soupirs qui brusquement s'arrêtaient, pour quelques secondes après s'achever en une expiration profonde.

Je ne mesurais pas le temps, mais ces pauses me semblaient interminables...

Alors, d'un des points de la pièce — je vis bientôt que Paul se trouvait là, sur un canapé — s'épanouit une lueur blanchâtre que je compare à la fumée très tenue d'un cigare. Cette buée condensée en un filet s'agitait indécise, tendant à monter.

Puis elle s'élargit, s'étendit, montant encore en un jet plus fort. Très lentement elle tournoyait sur elle-même, se multipliant maintenant d'autres poussées de buées qui venaient se fondre en elle, formant un nuage dont les particules paraissaient animées d'un mouvement d'une intensité vertigineuse.

De ce tourbillon de molécules se dégageait une lueur faible, mais cependant suffisante pour que je visse mon ami dans la position que j'ai dite, la tête appuyée sur un coussin, les yeux fermés, comme dormant, si pâle! d'une blancheur lunaire!

La buée se condensait: la giration qui l'agitait se faisait plus lente, elle se figeait pour ainsi dire, et, peu à peu, une forme se précisait, des contours se délinéaient: cela devenait une image d'abord très vague, d'un pastel très effacé.

A mesure que cette précision s'accentuait, de la poitrine de Paul des soupirs plus forts s'échappaient, presque des gémissements, et la forme toujours plus nette — c'était clairement celle d'une femme — ondulait exactement à l'unisson des inspirations et des expirations. A chacun de ses mouvements, elle prenait plus de solidité, si je puis dire, comme si ce souffle eût été une nourriture vitale.

Entre lui et elle courait un filet de vapeur qui paraissait avoir sa racine dans la poitrine du dormeur.

Et ce fut alors que je compris ce qu'il avait voulu expliquer... Elle naissait de son cœur !

Oui, c'était bien de son cœur que s'exhalait, que s'extériorisait cette forme qui prenait une vitalité... qui, d'abord spectrale, peu à peu revêtait toutes les apparences — dois-je dire les apparences ? — de la vie !

Étais-je fou moi-même quand à présent je reconnaissais Virginie, la pure et chère enfant, non pas un fantôme plus sinistre que le cadavre lui-même, mais un être qui avait un regard, qui respirait, qui avait tous les attributs de l'existence?... Non, je ne puis me mentir à moi-même, c'était bien elle, ressuscitée, revenue de ce monde d'où nul — croyait-on — jamais ne pouvait revenir, Virginie, l'adorée, revivifiée par l'amour.

Oui, miracle de l'amour en sa toute-puissance : elle revivait de celui qui l'avait conservée en lui et qui, par un sublime don de lui-même, restituait, animait, vitalisait la tant aimée qu'il portait toujours vivante au dedans de lui-même !

Il avait maintenant les yeux tout grands ouverts et les tenait ardemment fixés sur ses yeux à elle, ces yeux dont je reconnaissais la teinte bleutée, avec des paillettes d'argent bruni.

Je m'étais dressé à demi, désireux de m'approcher, n'osant pas.

Il me fit un signe, et je compris qu'il m'appelait : il me désignait un flacon qui se trouvait sur une console. Je le pris et l'ouvris. L'éthylique parfum de l'éther se répandit, et je constatai, à ma grande surprise, que sous les effluves de l'odorante substance l'apparente vitalité du fantôme plus encore s'affirmait.

La jeune femme s'était agenouillée auprès de Paul, et ses mains se mêlaient aux siennes. Se parlaient-ils? Je n'entendais pas de mots, et pourtant je devinais qu'ils se disaient silencieusement des choses exquises.

Comment se fit-il que je me trouvai moi aussi agenouillé auprès d'eux et que Paul souriant mit ma main dans celle de Virginie? Elle me regardait de cet air d'entente qui est le renouement des anciennes amitiés, et je sentais dans ma main ses petits doigts si souples qui répondaient à ma discrète étreinte.

Et aussi — Paul m'y avait autorisé sans doute — je posai ma main sur son cœur, et ce cœur battait.

XII

Pendant un mois je vécus dans ce monde de rêves, sans essayer même de me soustraire à l'enveloppement qui chaque jour plus étroitement me circonvenait. Le mystère est un engourdisseur, le sphinx à la fois hypnotise et enivre.

Un jour enfin, je m'éveillai de cette torpeur. Allons donc! Est-ce que j'allais comme tant d'autres — comme le Zanoni de Bulwer, — me laisser vaincre par le gardien du seuil? Est-ce que paralysé, brisé, j'oublierais lâchement les obligations de la vie réelle, pour me griser perpétuellement de l'absinthe de l'au-delà?

Est-ce que j'avais le droit de me trahir moi-même, de me livrer pieds et poings liés à l'imbécile ébriété de l'occulte? Ces jouissances malsaines de la déséquilibration valaient-elles les normales satisfactions que donne l'étude positive et forte?

J'avais assisté à des phénomènes stupéfiants, inattendus surtout, mais pourquoi après tout me troubleraient-ils plus que les expériences étonnantes cent fois exécutées dans le laboratoire? Il y avait là, je le concédais, une ouverture sur un monde nouveau, mais pourquoi s'hypnotiser devant l'entre-bâillement d'une porte?

N'était-il pas indiqué au contraire de fourbir avec plus de passion tous ses outils scientifiques, afin de ne pénétrer que mieux armé dans l'inconnu et saisir le secret à la gorge?

Le surnaturel n'existe pas... il n'y a que des changements de plans... L'homme qui le premier fit du feu ne resta pas pétrifié devant ce foyer pour lui incompréhensible: il en apprit l'usage et s'en rendit maître.

Moi aussi je me rendrai maître de l'occulte, mais sans cette impatience qui trouble la raison et désorganise l'effort. Je commencerai par bien apprendre ce qui est de norme, après quoi je pousserai jusqu'à ce qui semble encore l'anormal.

Quand ces pensées — par la réaction de ma conscience — s'imposèrent à moi, j'éprouvai l'ineffable bonheur du nageur en péril qui sent la terre solide sous ses pieds; moi aussi je ressuscitais, je redevenais moi-même, je me libérais d'une hantise énervante.

Mais en même temps je compris que ma tâche ne devait pas être purement égoïste. En s'absorbant dans la contemplation de l'inconnu, mon ami marchait évidemment à la folie. En admettant même que ses forces résistassent à une hyperexcitation quotidienne, en admettant que les ressorts de sa, volonté, trop tendus, ne se brisassent pas dans une catastrophe mortelle, il était certain que l'absorption par l'idée fixe aurait pour conséquence la monomanie sentimentale jusqu'à l'accident décisif de la désagrégation cérébrale.

Chose assez curieuse, je dus peut être à cette excursion sur la limite de l'aliénation une plus inattaquable fermeté de raison et aussi une plus irréductible ténacité de volonté

Je m'imposai une double mission.

Je n'eus point grand'peine à accomplir la première partie : huit jours s'étaient à peine écoulés depuis ma résolution prise que j'assistais avec le plus parfait sang froid au phénomène renouvelé de l'extériorisation. J'avais tué en moi l'excessive curiosité, même le désir de soulever le voile qui recouvrait encore la genèse du mystère. Je savais qu'un jour viendrait où mes études, logiquement suivies, me conduiraient à la solution du problème.

Le but second était plus malaisé à atteindre. On l'a deviné, je voulais guérir mon ami, je voulais l'arracher à l'au delà — à ses illusions — oui, illusions, puisque c'était lui et lui seul qui donnait la vie à une apparence, à une coque vide, je voulais le ramener en la réalité.

Je fus par bonheur assez maître de moi pour ne pas

dévier de la ligne que je me traçai dès le premier jour et dont la première étape se pourrait indiquer ainsi : — la division de son attention.

Nous ne nous quittions plus. Le vieux Jean me regardait d'un air nâvré, s'avisant que j'étais aussi fou que son maître. Je n'avais pas cru utile de le détromper, redoutant de sa part une intervention qui aurait tout compromis.

Comme je n'élevai aucune prétention à nier la réalité de l'apparition — comme j'acceptai sans l'ombre d'une contradiction les théories mystiques de Paul, il vint un moment où entre nous ce sujet de conversation fut épuisé. Ce fut alors que je lui parlai de mes propres études. J'avais organisé dans les sous-sols du petit château un laboratoire de chimie, et j'avais pris pour thème de recherches la Genèse des Eléments d'après les travaux de William Crookes.

Ces travaux me passionnaient à un tel point que je me sentis bientôt doué de l'énergie nécessaire pour imposer mon influence à mon ami. Je sus en les quelques heures dont il pouvait disposer chaque jour éveiller d'abord, puis développer, puis surexciter ses curiosités scientifiques, pour qu'il devînt un zélé collaborateur.

Oh ! je me demandais parfois si je ne commettais pas une action mauvaise, presque lâche, puisque mon adversaire... c'était Elle, c'était l'aimée que je voulais chasser, c'était l'intruse que je voulais renvoyer... à la tombe de silence et d'immobilité !...

Et un jour dans une merveilleuse expérience d'analyse spectrale des métaux premiers, j'arrivai à ce résultat inoui... que Paul oublia l'heure ordinaire de son macabre rendez-vous... Il laissa passer ainsi plus de cinquante minutes. Quand il s'en aperçut il eut un véritable accès de désespoir, presque de rage. Je le calmai de mon mieux et l'accompagnai. Mais il avait dépensé une telle somme d'attention à suivre les changements du prisme qu'il eut une peine infinie à évoquer l'image attendue : et tel fut l'effort qu'au moment où réellement je commençais à concevoir de graves inquiétudes sur l'issue de cette séance, les ressorts de son énergie se détendirent et il s'endormit profondément.

J'éprouvai la plus grande difficulté, on le comprend du reste, à renouveler ma traîtrise. J'avais dû prendre l'engagement d'honneur de ne plus jamais permettre qu'il oubliât l'heure de son funèbre rendez-vous.

Mais, à mesure que je l'étudiais mieux, mon machiavélisme trouvait de nouveaux moyens d'action. J'arrivais peu à peu à l'intéresser non seulement à des sciences arides, mais encore au mouvement contemporain des idées. Bien qu'il s'en défendît d'abord, le démon de l'examen, de la discussion s'emparait de lui. Je provoquais moi même ses contradictions, et de cet effort cérébral résultait une diminution d'énergie qui nuisait à la netteté de l'apparation.

J'assistais rarement à cette évocation, toujours semblable à elle-même, avec seulement une moindre précision.

Pendant quelques jours je le vis plus triste, plus, absorbé que de coutume. Je n'osais pas l'interroger, sentant bien toute ma part de responsabilité dans ses mélancolies.

Il se refusa à toute causerie, se renfermant dans sa chambre et verrouillant sa porte.

Je savais qu'ils se cloitrait de bonne heure dans le cabinet secret. Les fioles d'éther se vidaient rapidement. Il ne me demandait plus de l'accompagner. Mais je veillais à son insu. je m'étais même procuré de doubles clefs de sa chambre et du cabinet.

Tandis qu'il se livrait à ses douloureuses expériences, je restais de l'autre côté de la porte, l'oreille collée au panneau, dans un état d'indicible angoisse.

Un soir, il était enfermé depuis plus de deux heures, j'entendis un cri navré, comme un râle et en même temps le bruit d'une chute.

En une seconde je fus auprès de lui. Il était à terre au milieu du cabinet, en proie à des convulsions épileptiformes. Je le relevai, l'emportai dans mes bras, hors de cette atmosphère saturée d'éther. Il était livide avec un masque de mort...

Je parvins à le ramener : mais alors il se dressa à demi, le visage contracté, criant :

— Elle ne m'aime plus... elle m'abandonne... Virginie, Virginie, pourquoi donc n'es-tu pas venue?...

Puis ce fut une crise qui ressemblait à un accès de folie furieuse.

Le lendemain Paul était pris d'une fièvre intense, compliquée d'un délire aigu.

J'appelai par télégraphe un ami, grand praticien de Paris, qui accourut et je lui dis tout...

Il eut l'audace de prendre une résolution violente.

A tous risques, il fallait enlever Paul au milieu qui entretenait sa douloureuse passion. Il était certain que s'il restait à Pierre-Sèche, la hantise le ressaisirait au moindre éclair raisonnable, et la tension de sa volonté, s'exerçant sur des organes las, amènerait infailliblement la mort.

— Transportons-le à Paris chez moi, me dit ce grand médecin. Il faut abolir en lui le souvenir du passé.

J'obéis. Ce fut un triste pèlerinage. Mais la commotion cérébrale avait été trop forte pour que le malade se rendît compte de ce qui se passait. Nous pûmes l'enlever de Pierre-Sèche et l'installer dans l'appartement du docteur sans même qu'il eût la sensation d'un déplacement.

Pendant plus de trois mois, nous désespérâmes de le sauver. Nous étions admirablement secondés dans notre tâche par une sœur du docteur, jeune veuve intelligente et jolie que des malheurs prématurés avaient faite compatissante aux souffrances d'autrui.

Elle s'était prise de sympathie pour ce grand garçon qui maintenant semblait n'avoir pas plus de volonté qu'un enfant et qui, dans les premiers temps de sa convalescence, éprouvait d'infinies jouissances à se sentir vivre.

Naturellement j'avais écarté le vieux Jean, et moi même je me tenais le plus possible hors de sa vue, voulant que son intelligence s'éveillât dans un milieu tout nouveau.

Oserai-je dire que j'avais eu l'audace de tout révéler à la sœur de mon camarade, lui expliquant que Paul avait failli mourir de regretter une morte et que peut-être il vivrait... d'être aimé d'une vivante. On ne s'adresse jamais en vain à la pitié des femmes : d'ailleurs celle-ci ne l'aimait-elle pas déjà de tous les dévoûments qu'elle lui avait consacrés, des longues heures passées à son chevet, des boissons approchées de ses lèvres, des douces gronderies dont ne se peuvent dispenser les plus patientes garde-malades.

Quant à moi, si c'était un sacrilège de repousser Virginie dans sa tombe, je le commettais en toute sûreté de conscience.

Ce fut sur ce gracieux visage de femme, saine et jeune, avec dans les yeux un rayon de malice, que tout d'abord se posèrent les yeux de Paul. Le charme dont elle l'enveloppa, en un héroïsme de coquetterie miséricordieuse, empêcha, retarda le réveil du souvenir.

Je reparus moi-même à son chevet, et il sembla comme surpris de me voir. Notre intimité se renoua. Aucune allusion n'était faite aux événements de Pierre-Sèche. Je devinais bien parfois qu'il voulait m'interroger, mais aussi je comprenais que ses souvenirs étaient assez vagues pour qu'il doutât de leur réalité.

Aidé de la femme, je le guidai pas à pas en sa rentrée dans la vie : sans contrainte, je dirigeai ses idées dans le sens de la pratique et de la normalité, je l'intéressai aux actualités, assez pour qu'il n'eût pas besoin de recourir à l'aliment intellectuel du souvenir.

Puis, à tout dire, mon plus puissant auxiliaire, ce fut l'amour — fait de reconnaissance et de soumission — qu'il vouait à celle qui l'avait sauvé.

Ce ne fut qu'après six mois de convalescence, au

moment où ses forces étaient complètement revenues, qu'il se hasarda à me questionner sur le passé.

Il était dit que je commettrais tous les crimes moraux. Je mentis hardiment, lui expliquant que depuis la mort de sa première femme il s'était trouvé dans un état de santé intellectuelle qui avait parfois les apparences de l'hallucination. Il n'osait pas me pousser à fond, mais j'eus l'audace de répondre à ses plus secrètes pensées en lui racontant que, dans des accès de délire, il avait cru revoir celle qu'il avait perdue.

Par bonheur son cerveau détendu n'était plus apte à renouer la chaine des raisonnements abstrus, nécessaires aux conceptions mystiques.

Il me crut par lassitude, et parce qu'il voulait me croire et se libérer du passé.

Et ce fut ainsi que la pauvre Virginie — j'ai l'hypocrisie de la plaindre! — mourut une seconde fois, jamais plus évoquée, image à jamais effacée, emportée par l'éternel reflux de la mer d'oubli, selon la loi inéluctable — et bienfaisante — qui régit les êtres et les choses.

IMP. E. ARRAULT ET Cie, 6, RUE DE LA PRÉFECTURE, TOURS.

www.ingramcontent.com/pod-product-compliance
Ingram Content Group UK Ltd.
Pitfield, Milton Keynes, MK11 3LW, UK
UKHW031942260826
14628UKWH00004B/1791

9 782019 133559